Für dich ★ ★ ★

hol ich die Sterne vom Himmel

arsEdition

Sieh hinauf zum Himmelszelt,
zeig mir den Stern,
der dir gefällt!

Dein soll er sein ab diesem Tag,
ich schenk ihn dir,
weil ich dich mag!

Du und ich,

das ist so schön!

Ich finde,
wir sind ein ganz
tolles **Team**!

Weil ich dich so lieb hab,

würde ich dir am liebsten

jeden Wunsch erfüllen.

Auch wenn du ohnehin ein **Glückskind** bist, ich wünsche dir von ganzem Herzen, dass alle deine **Träume** Wirklichkeit werden!

Ich habe schon
allen Engeln
den himmlischen
Auftrag gegeben,
dich dein Leben lang
zu begleiten
und gut auf dich
aufzupassen.

Lass dich bloß nie von komischen Vögeln aus dem Konzept bringen.

Du bist einzigartig, liebenswürdig und unverwechselbar, so wie du bist!

Auch wenn du
dich manchmal
alleine und verlassen
fühlst, Ehrenwort, ich bin
immer für dich da,
egal was passiert!

Für mich bist
du nämlich das

ganz große Los,

ein wahrer
Glückstreffer.

Schön, dass es dich gibt!

Und ganz egal,
wo du dich auf
dieser schönen
Welt aufhältst,
wenn du an mich
denkst und ich
an dich,
ist alles gut!

Für dich würde ich jeden Weg
auf mich nehmen!

Bis ans andere Ende der Welt
würde ich reisen, nur um
bei dir zu sein!

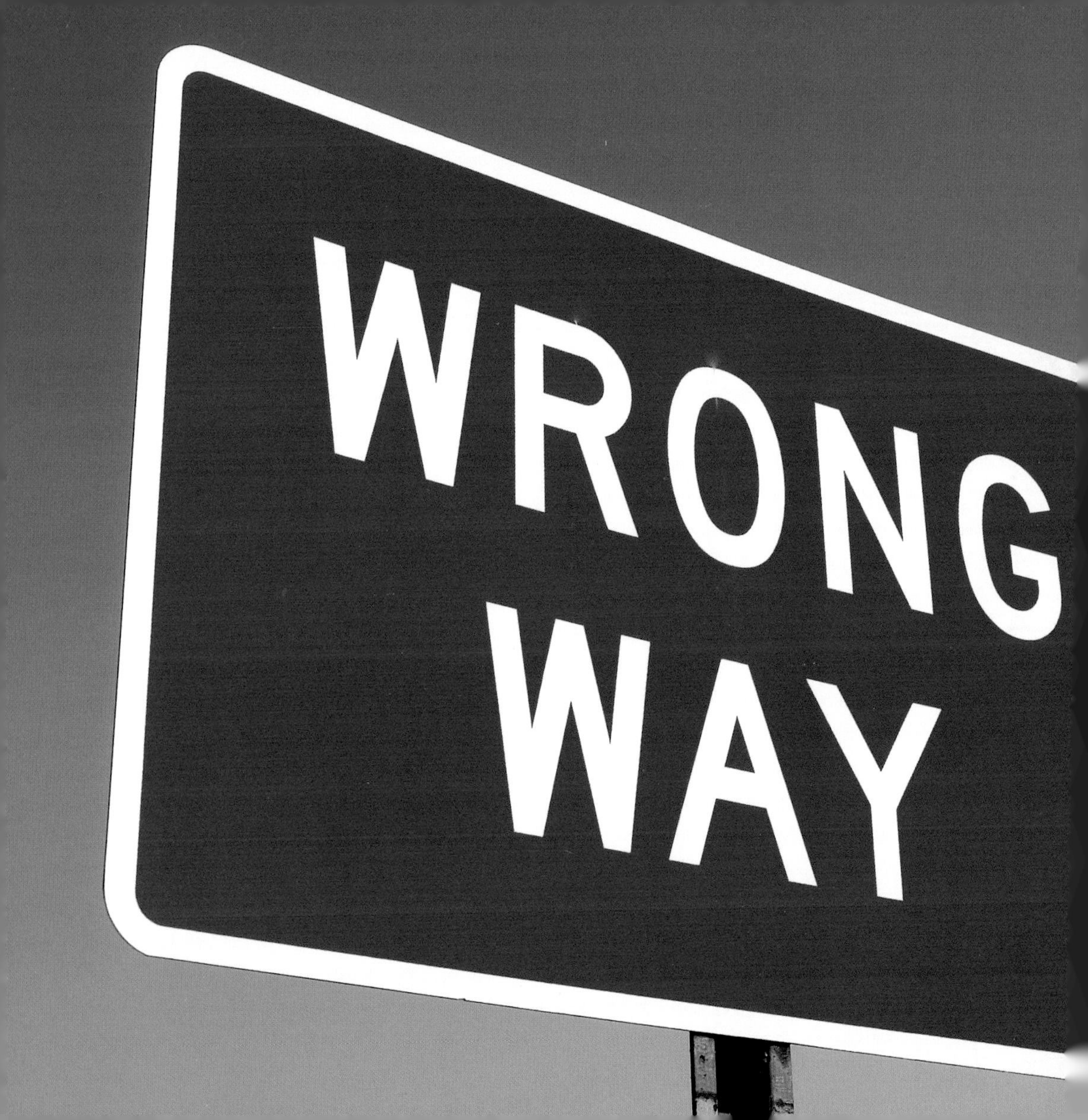
WRONG
WAY

Und wenn du keinen Ausweg weißt, **kein Problem** – gemeinsam werden wir jede Hürde meistern und wieder den **richtigen Weg** einschlagen!

Aus was für Gründen
auch immer:
Du hast eine sagenhafte
Ausstrahlung und eine
magische Anziehungskraft!

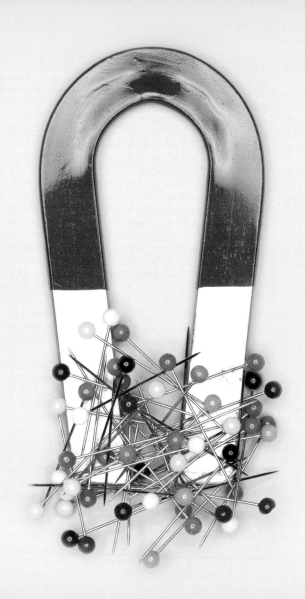

Alles was uns
verbindet, das ist
wirklich unbezahlbar
und macht mich
unendlich glücklich!

Ich häng an dir!

Wie, man muss auch mal
loslassen können? Das will
ich ehrlich gesagt gar nicht!

Aber ich lasse
dir deine
Freiheit,
keine Sorge!

Auf los gehts
los, du hast

grünes
Licht!

Mir fallen so viele Komplimente für dich ein!

O.k., ich reiß mich ja schon zusammen!

Man muss ja nicht gleich übertreiben!

Wenn im Job alles schief läuft
und der Chef nervt:

Vergiss es, es gibt viel
Wichtigeres im Leben!

Mich und dich zum Beispiel!

Mach dich startklar fürs Leben!
Fürs Leben mit mir
an deiner Seite!

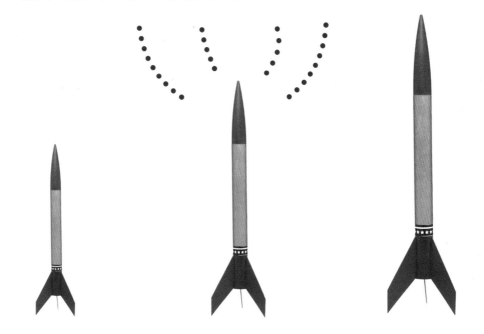

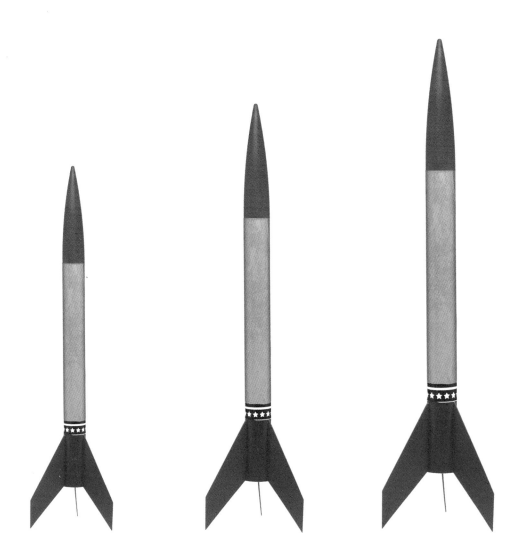

Wenn dir jemand die

Kriegsflagge zeigt,

don't panic!

Ich stehe heldenhaft

an deiner Seite!

Jeder Tag,
jede Stunde und
jede Sekunde mit dir
ist einzigartig!

Kann ich etwas für dich tun,
was dich glücklich macht?

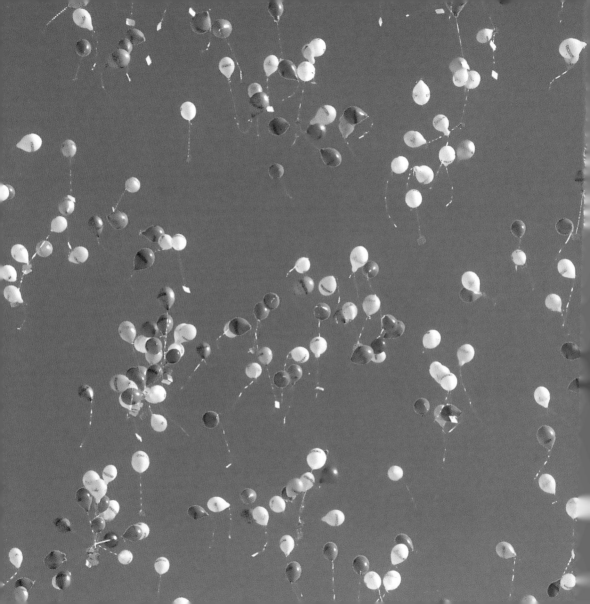

99 Luftballons

und noch viel mehr!

Für jeden Wunsch
einen! Ich möchte dein
Wunscherfüller sein!

Jetzt lass dich umarmen
und richtig knuddeln!

Ich find dich nämlich
spitzenmäßig!

Mit niemandem auf dieser
Welt habe ich so schöne
Stunden verbracht
wie mit dir!

Und genau dafür
hol ich dir die
Sterne vom Himmel!

Alle Titel dieser Reihe:

Kopf hoch,
* * * ich glaub an dich

arsEdition

ISBN-13: 978-3-7607-2417-1

Viel Spaß . . .
hinein ins Leben

arsEdition

ISBN-13: 978-3-7607-2420-1

Ich wünsch dir
* * * magische Momente

arsEdition

ISBN-13: 978-3-7607-2418-8

Für dich * *
hol ich die Sterne vom Himmel

arsEdition

ISBN-13: 978-3-7607-1646-6

Mit dir . . .
kann ich über alles reden

arsEdition

ISBN-13: 978-3-7607-2419-5

Ich wünsch dir
* * * einen kleinen Engel

arsEdition

ISBN-13: 978-3-7607-1647-3

Bildnachweis:

Titel, Rücktitel/S. 6/7: © Royalty-Free/Corbis
S. 3: mauritius images/Cupak Arthur
S. 4/5: mauritius images/Schulze Thomas
S. 8/9: mauritius images/PictureArts Corporation
S. 10/11: zefa/grace
S. 13: mauritius images/A.G.E. Foto Stock
S. 15: mauritius images/Westrich Josh
S. 16/17: mauritius images/Haag + Kropp
S. 18/19: mauritius images/Busse & Yankushev
S. 20/21: mauritius images/A.G.E. Foto Stock
S. 22/23: mauritius images/A.G.E. Foto Stock
S: 24/25: mauritius images/Westrich Josh
S. 26/27: mauritius images/Schulze Thomas
S. 28/29: mauritius images/Busse & Yankushev
S. 30/31: mauritius images/Mallinckrodt Dirk
S. 33: mauritius images/Rynio Jörn
S. 35: mauritius images/A.G.E. Foto Stock
S. 36/37: mauritius images/DK Images London
S. 38: mauritius images/Beuthan Steffen
S. 41: mauritius images/PictureArts Corporation
S. 42/43: mauritius images/Nonstock
S. 45: mauritius images/UpperCut Images
S. 46: mauritius images/A.G.E. Foto Stock

© 2006 arsEdition GmbH, München
Alle Rechte vorbehalten
Text: Anne Collins
ISBN-13: 978-3-7607-1646-6
ISBN-10: 3-7607-1646-6

www.arsedition.de